ふしぎの国のアリス

Alice's Adventures in Wonderland

あるはれた にちようび アリスは おねえさんと みずうみに いきました。
おねえさんは きのしたで むずかしいほんを よんでいます。
アリスは たいくつになって「あーあ なにか おもしろいことは ないかしら」と
あくびをしながら かんがえていました。
すると めのまえを ようふくをきた しろうさぎが とおりかかりました。
「およふくをきた うさぎさんなんて はじめてみたわ どこへいくのかしら」
アリスは しろうさぎをおいかけることにしました。

On one Sunday afternoon, Alice was enjoying the sun by the lake. Her sister was reading an extremely complicated book under the tree. Shortly, Alice got bored and started yawning. "I wonder if there is anything fun happening!" she thought to herself. Suddenly, a White Rabbit dressed in a suit passed in front of her. "I have never seen a rabbit wearing clothes! I wonder where he is headed to." She decided to chase after him.

アリスは しろうさぎをおいかけて ふかいあなのなかに はいっていきました。
そのおくには ながいろうかが ありました。
「うさぎさん！ まって！」
アリスは さけびましたが しろうさぎは ちいさなとびらの むこうに きえてしまいました。
「どうしましょう こんなにちいさなとびらでは なかに はいれないわ」
ひとりぼっちになったアリスは かなしくなって なきはじめてしまいました。

While following the White Rabbit, Alice fell into a deep hole. Down, down, down she fell until she finally landed in a very long hallway. "Mr. Rabbit, please wait for me!" Alice exclaimed, but the White Rabbit disappeared into a small door. "What do I do now? There is no way I can go through such a tiny door!" Alice suddenly felt lonely and started crying many tears.

とみると まるいテーブルのうえに ちいさなびんがありました。

　びんには「わたしをのんで」と かいてあります。

アリスは びんをよくみて どくじゃないことを たしかめると いっきにのみほしました。

「あら いがいとおいしいわ」

するとアリスのからだは みるみるうちに ちいさくなりました。

「これで とびらのなかへ はいれるわ」

アリスは うれしくなりました。

　　Alice realized there was a small bottle on a round table. Its label said "Drink Me". She took a very good look at the bottleand made sure it was not a poison, then drank it all at once. "Hmm, this tastes better than I thought!" she said. Suddenly, she started shrinking until she was small enough to go through that door. "This is perfect!" said Alice and started to follow the White Rabbit.

ところが アリスは あしをすべらせて そばにあったいけに おちてしまいました。
このいけは さっきアリスが ながした なみだのいけでした。
「こんなことになるなら あんなにたくさん なかなければよかったわ」
アリスは さっき のみほしたびんにつかまって どんどんながされていきました。
すると どこからか ネズミやとりたちがやってきて きしまで つれていってくれました。

All of the sudden Alice tripped and fell into a big pond. The pond was made of the tears she cried before. "Now I know I shouldn't have cried so much", Alice thought. She tried to swim with her wet clothes, and finally found the bottle she drank earlier. She held onto it to keep herself afloat.

しについたネズミたちは ぬれたからだを かわかすために かけっこをはじめました。
　おおきななみがやってくると みんなまた ずぶぬれになってしまいます。
ねずみたちは なんどもなんども かけっこを しなければなりませんでした。
アリスは これではきりがないとおもい
「みなさん わたしは しろうさぎを さがしにいくので そろそろいきます！ さようなら」
きしへあがり もりのなかへあるいていきました。

The mice and birds started racing on the shore to dry themselves. But every time a big wave came, they were wet again. This did not make sense to Alice. "Sorry everyone, I must go chasing after the White Rabbit. Goodbye for now!" said Alice, and went into a strange forest.

もりのなかを あるいていくと かわいいおうちをみつけました。
　とびらのそとで しろうさぎが いそいだようすで ぴょんぴょんと はねています。
「あれは しろうさぎさんのおうちだわ」
アリスは うれしくなって ちかづいていきました。
アリスを みかけたしろうさぎが
「ちょっとそこのおじょうさん わたしのてぶくろを もってきてくれんかね？」といいました。
アリスは しろうさぎのいえに はいってみたかったので
　てぶくろをさがしに いえのなかにはいりました。

As Alice walked through the forest, she found a pretty house. By its entrance, the White Rabbit was jumping around in a hurry. "That must be his house!" Alice got excited and ran towards him. "Hello little girl," the Rabbit said to Alice as he noticed her. "Can you bring me my gloves from the house? I am in an extreme hurry!" Alice was curious to go into his house, so she agreed and went inside.

アリスが しろうさぎのへやに はいると テーブルにクッキーが おいてありました。
よくみると「わたしをたべて」とかいてあります。
「ちょうどおなかが すいていたところなのよ」
アリスは そのクッキーを むしゃむしゃと たべはじめました。
すると アリスのからだは みるみるおおきくなって いえから でられなくなってしまいました。
「まぁたいへん！」
どうぶつたちが アリスを おおきなかいぶつだとおもって いしを なげつけてきました。

In the White Rabbit's room, Alice found a cookie in a box. The box said "Eat Me". "How perfect, I was just about getting hungry!" said Alice and ate the cookie. All of the sudden, Alice started growing bigger and bigger, so big that she could not get out of the house anymore. "What should I do now?" Alice wondered. Outside of the house, the neighbor animals thought she was a monster, and started throwing stones at her. "Help!" Alice screamed.

そのいしは よくみると おかしで できていました。
「これをたべたら ちいさくなるかもしれないわ」
おもいきって アリスが いしのおかしをたべると からだは ちいさく もとどおりになりました。
「さぁ いまのうちに にげましょう」
アリスは どうぶつたちに みつからないよう もりのなかへ にげていきました。

Soon Alice realized the stones were made of candies. "If I eat this, maybe I can be small again!" She slowly ate one of the stones, and shrank back indeed. Quickly, she ran out the house and into the forest, before the animals found her.

もりのおくにすすんでいくと いもむしが きのこのうえで
ゆっくりとパイプを すっていました。

「こんにちは いもむしさん しろうさぎさんを みかけませんでしたか？」

いもむしは ねむそうに アリスをみて

「しろうさぎなら おかしなぼうしやの いえにいったよ」といいました。

「このきのこを たべると おおきくなったり ちいさくなったりできるよ」とおしえてくれました。

アリスは そのきのこを すこしだけたべて すこしだけおおきくなりました。

そして おかしなぼうしやの いえにむかってあるいていきました。

Further into the forest, there was a caterpillar relaxing on a mushroom with his pipe. "Hello Mr. Caterpillar, have you seen the White Rabbit around here?" asked Alice. "The White Rabbit must be at the Mad Hatter's house." answered the caterpillar. Then he told her, "If you eat this mushroom, you can be bigger or smaller." Alice tried a small piece of the mushroom and grew a little bit bigger. "Thank you Mr. Caterpillar." said Alice and went on to the Mad Hatter's house.

おかしなぼうしやは ちゃいろうさぎと おちゃを のみながら さわいでいます。
「すみません ぼうしやさん しろうさぎさんを みかけませんでしたか？」
アリスが おおごえで そうきくと おかしなぼうしやは
「じょうおうさまが じかんをとめてしまったから いそがなくても いいんだよ」と
おおわらいしながら アリスに おちゃをすすめました。
アリスは じょうおうさまの はなしを はじめてききました。
「ありがとう でもやっぱり しろうさぎさんをみつけにいくわ」
そういうと アリスは おかしなぼうしやを あとにしました。

The Mad Hatter was having a very loud tea party with March Hare. "Excuse me Mr. Mad Hatter. Have you seen the White Rabbit here?" Alice asked politely. "Oh please take a seat little girl!" Hatter said with a loud giggle. "The Queen of Hearts stopped the time, so there is no need to hurry here!" then he offered some tea. Alice never heard about the Queen of Hearts before. "Thank you Mr. Mad Hatter, but I must go find the White Rabbit now." said Alice, and left the tea party.

アリスは しばらくあるいていくと おはなが たくさんさいている おにわを みつけました。
「まぁきれい！」おにわのなかに はいっていくと すてきなおしろがみえました。
「あそこに じょうおうさまが すんでいるのね」
アリスは そのおしろにむかって あるいていくことにしました。

Alice found a beautiful flower garden. "How pretty!" said Alice and walked into of the garden. When she looked away, she found a beautiful castle. "That must be where the Queen lives!" Alice decided to go towards the castle.

お しろのちかくでは トランプのへいたいたちが
しろいバラを ペンキであかく ぬっていました。
「へいたいさん こんにちは なぜバラを あかくぬっているの？」
すると へいたいさんのひとりが
「じょうおうさまに おこられないように しろいバラを あかくぬっているんだよ」といいました。
「あら それならわたしもおてつだいするわ」
アリスは へいたいさんといっしょに バラを あかくぬることにしました。

Close to the castle, a couple of card gardeners were painting roses with red paint. "May I ask why you are doing this?" asked Alice. "The Queen ordered to plant red roses, but we planted the white ones by mistake." answered one of the gardeners. "So we are painting them before she finds out!" "That sounds like a lot of trouble." said Alice. "Let me help you too!" she started painting with them.

しばらくすると おしろから じょうおうさまのこえがしました。
「さぁ クロケットのしあいを はじめるよ」
アリスは じょうおうさまに あってみたかったので みんなといっしょに おしろへいきました。
「おめにかかれてこうえいです」
アリスが かしこまってあたまを さげると じょうおうさまは
「おまえもいっしょに クロケットのしあいを しなさい」といいました。
アリスは クロケットのやりかたを しりませんでしたが じょうおうさまに したがうことにしました。

Now we start the croquet game!" the Queen of Hearts made an announcement. Alice followed everyone into the castle to meet with the Queen. "It is an honor to see you, your highness." Alice greeted politely. "You little girl, you must join our croquet game too!" said the Queen in return. Alice had no idea how to play the game, but decided to obey the Queen anyway.

さらにしばらくすると こんどは おしろで さいばんが はじまりました。
しろうさぎが「これが じょうおうさまのケーキを ぬすんだはんにんです」
といって ハートのジャックを つれてきました。
じょうおうさまは「これは ほんとうのことかね？」とアリスにききました。
アリスは なにもしらなかったので「わたしは なにもしりません」とこたえました。
すると まわりのみんなが
「うそだ！ うそだ！ ケーキを ぬすんだのはあいつだ！」とアリスを ゆびさしました。

Soon after, a trial began at the castle. "He stole the Queen's cake!" said the White Rabbit pointing at the Jack of Hearts. "Is this true?" the Queen turned to Alice and asked. "I don't know anything." Alice replied truthfully. "She's lying! She is the one who stole the cake!" the card soldiers started yelling at her.

「なによ トランプなんて おうちにかえればただのおもちゃだわ」
アリスは むくれて そういいました。
すると トランプのへいたいたちが かんかんにおこって
「あいつを つかまえろ！」といいながら アリスを おいかけてきました。
「きゃあ たいへん！ だれかたすけて！」
アリスは あわててにげました。

"Oh stop the rubbish, you are nothing but a pack of cards!" Alice got upset and exclaimed. "Throw her into jail!" The angry soldiers started chasing after her. "Oh please, someone help me!" Alice screamed and ran away.

「アリスちゃん そろそろおきてかえりましょう」
　ふと きがつくと おねえさんの かおがみえます。
アリスは みずうみのほとりで めをさましました。
アリスは おねえさんに しろうさぎや トランプのへいたいのことを はなしました。
「まぁ アリスちゃんたら かわったゆめを みたのね」
おねえさんは アリスのはなしを きいて くすくすとわらいました。
アリスは ほっとして おねえさんと おうちにかえっていきました。

"Alice, you must wake up now. We are going home." Alice woke up and saw her sister's face. All this time she was sleeping by the lake. The White Rabbit, the card soldiers, the Queen of Hearts, all of them were in her dream. "Oh Alice, I wonder what goes on in your head!" Her sister laughed at her story, and they went back to their sweet home.

おしまい

Seven Books of Rainbow

ふしぎの国のアリス

2017年9月18日 初版発行

作	松本かつぢ
文	宇津原ゆかり
総合監修	宇津原充地栄
英訳監修	バーンハード・オートリーブ
装　丁	川口貴弘（學童舎）
印刷・製本	株式会社ディー・ティー・ジャパン
発行者	いしいあや
発行所	ニジノ絵本屋 東京都目黒区平町1-23-20 電話 03-6421-3105 nijinoehonya.com

ISBN 978-4-908683-09-1

© 株式会社 松本かつぢアート・プロモーション
Printed in Taiwan

協　力	Kibidango（松崎良太　長島加奈）
スペシャル サンクス	田村セツコ 麻衣 金城敦子

◎乱丁・落丁本はお取替えいたします。
◎本書の無断複製（コピー）は、著作権法上での例外を除き、禁じられています。
◎定価はカバーに表示してあります。